阅读即行动

My Wicked Wicked Ways: POEMS

SANDRA CISNEROS

世界上最乖巧的我

[美] 桑德拉·希斯内罗丝 著
海桑 译

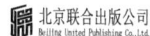

或迟或早

献给鲁本

以诗代序

"我可以独自生活,而且我热爱劳作。"

——玛丽·卡萨特

"问题就在这儿。"

——坎丁弗拉斯

先生们,女士们!
如果你们愿意,
这些就是我那时写下的
邪恶诗篇。
少女的悲伤十年,
也可以说是
我邪恶的修女岁月。
我有罪。

但不是以白人女性的方式。
不像西蒙娜,

挽着金胳膊,
偷窥美丽的贫民窟城市。

不,不像坏男孩血统的船长
那样邪恶,
也不像那个酗酒的好莱坞流氓,
把什么都搞砸了。
拼命自毁,那不是我。
好吧,那不太是我。
请告诉我,

一个女人她怎么能?
一个像我这样的女人,
爸爸拿着锤子,脚上起着水泡,
吃饭的时候,
他把脚浸在洗衣盆里。
一个女人,
不拥有与生俱来的权利,
她继承了什么,
告诉她该怎么走?

我的第一个重罪是——
我开始写诗。
因为这个,米饭烧煳了。
母亲警告说,我永远做不了妻子。

妻子吗?像我这样的女人,
她的选择不是擀面杖就是加工厂。
这个邪恶荡妇作家的一生,
就是一次荒唐的堕落。

我抛弃了
父亲为我解救出来的生活,
跳进火中。
一个从未在父亲雄鸡般的目光之外
闲逛过的女孩,
带着诗,夺门而逃。
永远地,我走了。
孤身一人,如此悲伤。

在我的厨房,有单薄的时光,
卡萨特的日历在反复地唱:
跟着我,念——
我可以独自生活,我热爱……
真是个废物。
每周每周,例行的悲伤。
那十年,屈辱敲击着我的心脏。

我走的是歪路,
我喜欢我的坏。
我当情妇。
我在屁股上刺青。
我从杯子里舐食我的幸福。
至少,这是某种东西。
我一点头绪都没有。

一个女人,想发明点她自己,
二十二岁或二十九岁,
她又能做些什么?
一个无所适从的女人,

我又怎么知道什么是不明智的。

我想成为作家。
我想要快乐。
那是什么?
二十岁。或二十九岁。
爱情。婴儿。丈夫。
作品。生活的大笨蛋。
想要的和不想要的。
把你的手从我这儿拿开。

我在兄弟们之前,
先自离开了父亲的家,
像个有钱的白人女孩,
在地球上晃荡。
租了个公寓。
我付了钱。
我把它弄得干净。
有时候寂静使我害怕。
有时候寂静祝福着我。

它来了，捉住了我。
在深夜。
像豁开的窗口，
对我的生命如饥似渴。

悲伤的时候，我写作。
公寓清冷。
没有爱情——新的，或旧的
来分我心。
没有六兄弟吵闹，
没有母亲和父亲
以他们的智慧，打扰我。
这个我曾告诉过你们。

我告诉你们，
这些就是那十年之疼结出的珍珠，
我的珠宝，我绞痛的孩子们。
他们大惊小怪的，
让我煎熬着邪恶的夜

而我想要的只是……
文字里，什么也没有告诉我。

但就是当时，
那个曾经的我变成了现在的我。
这些诗便来自那个蹒跚的年代。

> 海德拉，希腊
> 1992 年 6 月 11 日

目录

1200 向南/2100 向西

    守灵 …………………………………… 3

    詹姆斯爵士南侧 ……………………… 6

    南桑加蒙 ……………………………… 8

    祖父他 ………………………………… 10

    笨蛋阿图罗 …………………………… 12

    墨西哥帽子舞 ………………………… 14

    好热狗 ………………………………… 16

    泥孩子回家了 ………………………… 18

    我告诉苏珊·雷纳 …………………… 20

    龙卷风袭击休斯顿 …………………… 22

    窗帘 …………………………………… 24

    乔 ……………………………………… 25

    特拉菲坎特 …………………………… 28

世界上最乖巧的我

    世界上最乖巧的我 …………………… 33

六个兄弟…… 35

玛丽拉…… 38

乔西至福…… 39

我就是那个女人…… 41

疯狂的事…… 44

在街道那边的一家乡巴佬酒吧…… 47

爱情诗 1 号…… 48

蓝色连衣裙…… 50

诗人反省她孤独的命运…… 54

他的故事…… 55

其他国家

从法国南部写给伊洛娜的信…… 61

女士们——法国南部的旺斯…… 64

12 月 24 日,巴黎圣母院…… 65

法国美男子…… 67

给蕾丝男人的明信片——昂蒂布的老市场
…… 69

给约翰·弗朗哥的信——威尼斯…… 71

再见,致切萨雷…… 76

屁股…… 78

的里雅斯特——再见意大利 …………… 80
萨拉热窝，锡碗里的六只桃子 ………… 82
海德拉之夜——房子着火了 …………… 83
海德拉在雨中降临 ……………………… 85
月下捕到枪乌贼 ………………………… 87
海德拉的月亮 …………………………… 89
给理查德的最后一首诗 ………………… 91
给一个南方男人 ………………………… 94

罗德里戈诗篇

切芹菜的女人 …………………………… 99
赤足跌进性感的荆棘 …………………… 102
瓦尔帕莱索 ……………………………… 104
我把它理解成一个吻 …………………… 107
给所有周二的过客 ……………………… 109
不要怜悯 ………………………………… 111
没有罗德里戈的世界 …………………… 113
利嫩庆祝罗德里戈回到土地 …………… 114
比阿特丽斯 ……………………………… 115
罗德里戈·德·巴罗 …………………… 117
黑暗中的罗德里戈 ……………………… 120

3

某某人的 …………………………… 122

先生，我的朋友 …………………… 126

旱灾 ………………………………… 129

以解释的方式 ……………………… 132

热爱 ………………………………… 135

男人们睡着了 ……………………… 141

除夕夜 ……………………………… 142

胡里奥大街 ………………………… 145

那么多事物令人害怕，那么多 ………… 147

1200 向南/2100 向西

我一生都待在前庭。
我想偷窥一下后院,
那里粗野,又无人照料,
饥渴的杂草胡乱疯长。
一个女孩对玫瑰感到了厌倦。

　　　　　——格温多林·布鲁克斯

守灵

你,带笑的露西
她把我们叫进来

你的妈妈,蕾切尔
我,还有你
我记得客厅里的暗
我们的眼睛慢慢才习惯

那是个夏天,露西
记得我们在后面的走廊里玩
那里有老鼠藏在下面

坏男孩们走过来
把我们看了又看
我们把他们看回去,露西
想想那是怎么回事

蕾切尔，我，和你
我们刚刚晒完太阳
把客厅弄脏成粉红色

下面剥落的蓝色油漆
如此的明亮耀眼
我们的眼睛慢慢才习惯

厨房里一排排的椅子朝前
角落里，有一个绸缎盒子
里面装着一个婴孩

谁是你的妹妹，露西
你妈妈没有哭
说留下来，向耶稣祈祷

盒子里的婴儿
好像是情人节礼物
我觉得这样想是不对的
红脚踝的我们

还有蚊子的腿脚
蕾切尔又想跑出去
你把脏兮兮的手指
伸进去

冷冷的客厅粉红
露西和你的头发
闻起来像苞米一样浓烈

詹姆斯爵士南侧

糖鼠
那个嘴甜的人
说他会爱她
和任何别人爱她都不一样
是真正的永远
她——他,是疯了吧
虽然帮派恋是真爱
但我没有决斗的兄弟
一张大嘴巴,疯话疯说
准头不好
我就直来直去
不要去找麻烦
没有封顶
也没有心的高额保释金
不,先生
我说只是和平的聚会

随便路过的人也好

存心有意的人也罢

南桑加蒙

我们醒了
是他
砰砰砰
门把手咔哒一声撞开了
他醉醺醺的咒骂
咒骂声中
她的名字满走廊都是
我的名字也夹杂其中
他从开着门的那边大喊
她从没开门的这边大叫
这样子持续了好长时间
我们都一声不吭
只希望他累了就走了
然后是整扇门板都在晃动
好像是他的大脚
要把它踩成齑粉
然后是一片寂静

我们以为他走了
那天他打了她的肚子
所有邻居都在看
那天是星期二
所以这次我们把门给锁了
当我们让孩子们安静下来
而我又闭上眼睛
她笑着
点燃一支香烟
就在这时
撞进来一块大石头

祖父他

祖父他抛撒硬币如雨
问——
谁爱他
谁是面团和羽毛
谁是一只手表
谁是一杯水
谁的头发是毛皮做的
谁今天伤心得无法下楼
谁用西班牙语告诉我你是我的钻石谁用英语告诉我
    你是我的天空
谁的小眼睛眯成一根细线
不能出来玩耍
谁日日夜夜睡在他的小房间里
曾经笑得像个字母K
谁生病了
谁把门把手绑在棍子上
累了就关门

谁不住在这里了

谁躲在床底下却在我脑子里跟我说话

谁是毯子、勺子和棕色的大鞋子

谁起伏不定打呼噜

上上下下又下下上上

又一次

屋顶上的雨硬币一样落下来

问——

谁爱他谁爱他,是谁爱着他?

笨蛋阿图罗

我们藏起来呀
我们藏起来
我们把阿图罗
弄进去了
弄进我眼睛打转的兄弟里去了

妈妈什么也没说
她从来没有不说点什么
爸爸让我们发誓
要谎称有三个小孩
我们记住了
但是我们
把阿图罗弄进去了

他像大象一样
慢吞吞地走着
不停地吐着唾沫

但从不哭出声来

永远也长不老了

永远也长不老了

我眼睛打转的兄弟呀

墨西哥帽子舞

唱片咔嚓一声砸下来

正好砸在你头上

你正起劲地跳着

跳着墨西哥帽子舞

黑唱片掉在地板上

你闪亮的脚

这样那样敲出节奏来

你错过了

你跳舞跳得很烂

你妈妈从来没让你的笑话逗乐过

除此之外

那是她最为喜欢的唱片

——卢恰·比利亚

她歌唱时嗓音里充满了泪水

捡起来,在你的头顶砸成碎片

从那间浴室里滚出来!

不!
我永远都不会滚出来!

好热狗

写给琪琪

50 美分一个
去吃我们的午餐
我们跑
直接从学校跑出来
而不是家
跑过两个街区
就是商店
是你点的
有蒸气味
因为你有钱
两个热狗,两根棒棒糖
泡菜百合都塞进小圆甜饼
所有美味好吃的
都撒在那个好东西身上
黄芥末,洋葱和薯条
堆叠在一起

卷在一张蜡纸里
我们热着吃
热热地握在手里吃
硬币扔在柜台上
我们坐下吃
好吃的热狗
我们吃
我们吃得真快
吃到什么都不剩
只剩下盐和罂粟籽
甚至烧焦的薯条尖
我们吃
你哼着小曲
我晃着双腿

泥孩子回家了

妈妈抱怨了
妈妈的座右铭是
泥巴必须留在原处
妈妈很自负

妈妈说泥巴不能进屋
妈妈说泥巴必须留在原处
妈妈认为泥巴很粗俗

妈妈记不起来了
几乎记不起来
我曾经也是泥巴的样子
当我根本与泥巴无关的时候

但泥巴必须留在原处
否则妈妈会抱怨

自己的名字
妈妈已记不住

我告诉苏珊·雷纳

我告诉苏珊·雷纳
我不喜欢她
因为她又胖又丑
还穿着大胸罩
身上还闻着有巧克力糖的味儿
还每天早上很晚才来
还舌头上咕咕哝哝吐着什么
她皱巴巴的上衣
一半在里,一半在外
她可能偷了沃尔特·米莉的钱
她从来不还铅笔
整天都在睡觉
当我们在做算术的时候
她用她生日得来的红钢笔
用花哨的字母
一直写
写苏珊苏珊苏珊

修女说

我们必须善待每个人

要不就会在火中腐烂

包括苏珊

她病了

并且有痉挛发作

直到她累倒在地

然后有两个男孩

不得不按住她的双腿

一个女孩压住她的裙子

她睡了一整天

醒来时头发都乱了

还满嘴都是唾沫

这

就是我告诉过你的我不喜欢你

因为你身上有巧克力和月经的臭味

你难受了48小时

我可不管它

龙卷风袭击休斯顿

爸爸坐在前廊。
妈妈待在厨房。
妈妈正在努力
把灯泡拧到灯具上。
爸爸在看雨。
妈妈,这肯定是龙卷风。
他朝厨房里的妻子大声叫嚷。
暴风雨来袭,
爸爸正坐在前廊上,
他说龙卷风把后面那棵大橡树撕成了碎片,
把一辆绿色的轿车扔进了他的花园,
然后砰的一声把后门关上,
就像一只发疯的猫硬要闯进来。
厨房里的妈妈说爸爸看到了这一切,
那棵大橡树遭劈着了火,
那辆绿色的轿车着陆在后面,
后门砰砰砰的一声声关上。

我都错过了。

妈妈在厨房,爸爸解释说。

爸爸坐在前廊上。

那只灯泡还留在我放的地方。

现在都无所谓了。

反正,也没电。

窗帘

有钱人不需要窗帘,
穷人把窗帘打结成拳头。
或者像羞怯的新娘那样,
紧紧地拉到脖子上。

里面隐藏着明亮的墙壁,
宝石绿或者口红粉。
在另一个国家,
这可是好看的颜色。
在这里,
他们也不能让你忘了。

尚未付钱的餐桌椅,
房东需要修理的地板,
原木,和油布上的玫瑰,
你想要却没有得到的东西。

乔

乔是乔他妈妈的宝贝
成年男人,54岁,且是个懒人
乔是房东和房东太太
布兰卡和本尼的楼上邻居
他让我们成立的披头士粉丝俱乐部
在地下室的楼梯下面聚集
那里爬满了水虫
水虫爬满了照片
照片是我们最喜欢的保罗·麦卡特尼

布兰卡说小心
本尼说小心
女孩子们小心,快跑
他是布吉人
就是布兰卡看到的那个
只穿着内衣睡觉的人
头上还罩着女士的长袜一只

他和贝比的兄弟戴维
在车库里待了几个小时
胖胖的雪茄屁股扔了一地
好像我们鞋底踩死的水虫
墙上挂着女人的裸体照片
真的假的
都留给乔和戴维的兄弟
慢慢观看

现在乔的妈妈累了
她是屏风后面的一缕小烟
要把乔从车库里喊出来
乔也累了,在楼上喊着不
叼着他的胖雪茄
顶着他的肥鼻头
开着他浅绿色的车走了
我们已听不见声音

一小时又一小时
聚会被一再推迟

直到明天

所有人都会在报纸上读到

乔是如何在车轮下死去

他说,是的,我喜欢摇摆舞

他说,不,我不看披头士电影

在去往圣查尔斯的路上

人人都知道,这是上帝的旨意

特拉菲坎特①

给丹尼斯

粉红色

像海星的肚子

或新生的老鼠

她把感染的手藏起来

有一段时间了

在他们注意到之前

起初,皮肤像左手一样光滑

然后篱笆被戳穿了

一条细缝,一条小鱼的嘴

一道发脆的痂疤,一个皱褶

这皱褶一直被抠着

直到伤口变成发紫的粉红

并逐渐肿胀,摸起来就疼

---

① Traficante 在西班牙语里有"贩子"的意思。

她喜欢把那只胖乎乎的手
放进袖子里
就让它藏在那里
像是洞穴里的一条鱼
有时它会出来
她就和它说话
学校的老师
突然把手给抽出来
孩子们就大叫起来

母亲带着她
去了特拉菲坎特药店
办公室后面的医生
有很多眼镜
不同的款式,各种的颜色
他要求看看那只手
一条鱼
就从圆鼓鼓的袖口探出来
再钻进去,又钻出来
直游到桌子明亮灯下

她用一根手指按住它的一侧

轻轻啜泣，低低呜咽

医生从架子上取下《医学百科全书》第 2 卷

抓着她的手腕，说转过身来

奥尔蒂斯夫人

正在给发烧的雷纳尔多配药

刚问要多少钱，书就掉下来了

世界上最乖巧的我

坏女孩不就是有些像男孩吗?

——汤亭亭

世界上最乖巧的我

这个是我父亲。
看到了吗?
他很年轻,
看起来像是埃罗尔·弗林。
他戴着一顶帽子,
遮住了一只眼睛。
一套合身的西装,
以及宽松的裤子。
还穿着那双难看的鞋子,
那双双色的鞋子,
正是我妈妈讨厌的。

这个是我妈妈。
她没有哭。
她不能看镜头,
阳光太亮了。
那个女人,

我父亲认识的那个女人，
不在这里。
她要晚一会儿。

我妈妈会很生气的。
她的脸会变红，
还会扔鞋子。
我爸爸什么也不说，
过上一段时间，
每个人都会忘记这件事。

一年又一年就这样过去。
妈妈不会再提起这件事。

这个是我，
我妈妈抱着。
我还是个婴儿，
她不知道，
我会变坏。

六个兄弟

——在格林童话《六只天鹅》中,一个姐姐保持了六年的沉默,编织了六件蓟草衬衫,打破了把她的兄弟变成天鹅的咒语。最后一件衬衫的左袖她忘了织,当兄弟们变回男人的时候,最小的那个弟弟缺失了左臂,取而代之的是一只天鹅的翅膀。

在西班牙语中
我们的名字是天鹅的意思
一个伟大的过去——
也许是城堡
或者撒哈拉沙漠的城市
但更有可能
有关于一个赤脚男孩
赶着满是尘土的羊群
走上了光明的道路

我们永远不会知道了
曾祖父母可能了解一二
但家人们喜欢保持沉默
也许自有原因
虽然我们不需要往回追溯多远
在我们的父亲这边
我们有个堂兄,排行老二
尽管是堂兄,他杀了人
我想是杀了他的妻子
而在另一边
妈妈的哥哥,开枪杀了自己

然后是我们——
成就或毁坏名声的七种方法
我们的父亲已计划好了:
老大当医生,老二做行政
我,他耸了耸肩,说
你应该预报天气
接下来,是音乐家,运动员
还有天才
最小的,好吧

你就来接管公司

你们六人是一个团队
保持总体规划
可爱的传统操作
外表就是一切
我们为彼此的期望而活
兄弟们，跟上你们的脚步好难
我觉得我的血统坏了
疯狂的大叔，那颗子弹的碎片

随便问我
六件蓟花衬衫
保持沉默的誓言
我都能做到
但我总是在仰慕之中庸庸碌碌
我的六个兄弟，优雅，强壮
除了你，小小的单翼的你
跟我一样发觉艰难
去保持好名声的清白

玛丽拉

总有一天
你会忘记他的苦涩
总有一天
你会忘掉你的羞耻
你记得你那轻轻的叫声
像画眉鸟从玉米地里飞起
当你从大地上爬起来
看云是如何移动的

乔西至福

她过去常对我说,你死的时候,我的恐惧就结束了。

——巴勃罗·聂鲁达,《回忆录》

请解释一下
感染了怀旧之情的手
一个星期三的热带梦
苦涩的悲伤
如胸脯之间的盐

掌心
一朵莲花
一个棕色的女孩
环绕着脖子
睡眠者
请告诉我

像抱我一样抱住的人
那些爱你结实的手腕和肚子的人
这老虎圈
这刀锋
这个人
我管不了他

我就是那个女人

我
就是她
你的故事当中
声名狼藉的那一个
腿绊住了门
赤裸的心
毛刺一样
刺穿错误
后街与软弱
就是我

我就是
周四晚上
可怜的借口
我就是她
我就是矿层里的
黑暗

我就是
致醉之物

我就是臀部
皮肤好
如黄铜
锋利的牙齿
坚实的嘴唇
推开空气
我就是光束
不要阻止

我就是
你的暂时之物
你自己的
疯狂之舞
我就是
遗留在后面
活生生的野性
车里的耳坠
皮肤上的指纹

你衣服上你嘴里的

黑色烟雾

疯狂的事

那个戴蓝帽子的男人,
再也没有回来。
他很久以前,
就不再回来了。
在我结婚之前,
在孩子们到来之前,
再没有人那样看我了。

还记得那些
我迫不及待要去工作的日子。
他给了我很多小费。
他的笑容好看。
但我的目光都给了
他临走时转身的那一刻,
他那样看着我。

哦,我疯了,

为那个男人疯狂了很久。
三年里他每天都来。
除了吃的东西,
他一句话也没说过。
吃完饭付过钱正要离开的时候,
他转过身来。

那时我还年轻,明白吗?
以前从没人那样看着我。
我甚至做梦
他带我去参加高中舞会,
虽然只是想象一下。
女招待一个来了一个走了,
我却一直留下来。

那个戴蓝帽子的男人,
再也没有回来。
我希望他会回来。
我希望他会回来。
这样我就可以说,
先生,我曾经如此迷恋过。

这样我就可以笑了。
我对他的感觉异于寻常,
是疯狂的那种,
是你一生都在寻找
却总也找不到的那种。

在街道那边的一家乡巴佬酒吧

我疯狂的朋友帕特

吹嘘说她能咕咚咕咚

一口喝下一瓶帕布斯特

只是一大口

牙都不碰一下

一下就喝进肚子里了

她像饮水机一样

咕咚咕咚灌着

大家都在看

乖乖那么疯狂

每次都使得酒保跑过来

说——

女士女士请不要再这样子了

爱情诗 1 号

一个危险女人
浑身紫铜色
成瘾的药物
一把斧头
一根瘀青的拇指

不可能的舞步
但是让我们说
它是硝基
是埃及
是蛇
是博物馆
是动物园

我们是内行
是敢死队
我们吵闹,如擂鼓

不像水仙那样羞涩

也不像李子

这般苍白

这就是我

我要

唱赞美诗

唱哈利路亚

唱甜蜜的甜蜜的禧年庆典

你是我的宗教

我是你邪恶的修女

蓝色连衣裙

在街角
越过你的肩膀
摇曳着
孤单的蓝色连衣裙
捧花抱在一只臂弯里
蓝色的风
腹部的曲线
蓝色连衣裙在挥手告别

廉价商店里
有花
你给她买一些
你想抓住
她的小肩膀
兄弟一样挽住
她的胳膊
你想告诉她你爱她你不爱她

你给她买花

她说
星期天的通行证到六点都有效
她的胳膊很细
她说修女们都疯了
她的皮肤很白
她现在熟悉地铁
就好像她是本地人

她的下巴的曲线简洁
有人让座
你从没注意到
她坐了下来
她的眼睛是蓝色

你付了钱的那顿饭
你根本吃不下
她谈论着城镇
你知道的不知道的名字
她问能不能吃掉你不吃的东西

她说现在每天都是
你不知道该说什么
星期一是我的生日
她最喜欢的颜色是蓝色

蓝得像珍珠
蓝色的裙子姗姗来迟
你沿着鲸鱼表演池等待
步履缓慢
微笑单薄
肚子鼓起来
荒谬的蓝色
蓝色的裙子将你拥抱着

信上说星期天来
星期天最好
没有人被准许
我很好
在博物馆等着
你穿着你最好的西装
还有你妈妈给你的领带

你在博物馆买星期天的机票

蓝色连衣裙,是的

蓝色连衣裙

诗人反省她孤独的命运

她现在独自生活。
抛弃了兄弟,
抛弃了父辈,
抛弃了母亲祖母们的居所。

他们随便她
自生自灭。
她拥有的唱片。
她的噩梦和钢琴。

走失的恋人
回家来了。
屋子里很冷。
电视上什么也没有。
她必须写诗。

他的故事

我出生在一颗钩星下面。
我父亲是这么说的。
这也许可以解释他的悲伤。

只有一个女儿,
没有人为她而来,
也没有人赶她而去。

这是一种古老的命运。
这个家族的特质,
我们可以追溯到
一位无人提及的大姨。

她的罪恶是美貌。
她过着情妇的生活。
孤独而死。

还有一个表妹,
我怎么说呢?
她从事一项著名的职业。

她和上校私奔了。
不久之后,
军队里有了一份工资。

当然
还有死于巫毒教的
外婆的母亲。

还有,还有其他人。

比如,我父亲解释说,
在墨西哥的报纸上,
有一个和我重名重姓的女孩,
因大胆的罪行而被捕。
一开始只是
不服从父亲的管束。

还有,他在这里停顿了一下,
还有卖给他鞋子的古巴人说,
他也认识一个桑德拉·希斯内罗丝,
她被三次诅咒,成了寡妇。

你看到了。
我的命运很不幸,
一个女人,
生在一个全是男人的家庭。

父亲叹息着说,
六个儿子,都在家。
只有一个女儿,还走了。

其他国家

有时候，我们觉得自己有点像是流亡者；当一个女人没有达到时代所要求她的形象时，当她没有解释时，就会有这种感觉。因此她就会寻找途径，寻找其他"国家"，在那里，她的生活将不同于她自己的国家，不同于她母亲的子宫所赋予她的那个家园。

——玛丽亚·伊莎贝尔·巴雷诺，玛丽亚·特蕾莎·奥尔塔，玛丽亚·维里奥·达·科斯塔，《三个玛丽亚》。

从法国南部写给伊洛娜的信

伊洛娜,离开之后
我就一直在想你
想念我拽着你穿过法国南部
进入西班牙
然后又折返回来

我跑到一个远离海岸的小岛
在宝石般的天空之下
满满的是田野的小宝石——
一天晚上
我迷失在揉皱的罂粟花

像我这样的城市诗人
在黑暗中,找到了如此的安慰
真是奇怪
我一直害怕着黑暗
然而又喜欢它

像皮肤一样将我包裹

所有那些星星,伊洛娜
还有风
那些被罂粟花点亮的田野
是的,漂亮极了

我想把它永远带回来
用天鹅绒包起来,给你看
来自非洲的风
罂粟花的田野
我的自行车哼唱着的远方

而对于我,伊洛娜
一个从未感受过黑暗的自由
从未摆脱恐惧的人
我该如何解释这种快乐
如此根本,又如此简单
就像用蜡笔勾勒出的你女儿的手

然而我想你应该明白

它是我第一个缀满星辰的天空
你,一个女人
从非洲吹来的风
以及罂粟花的田野

我让黑夜从我的肩上溜走
像个男人一样在黑暗中漫步
伊洛娜,我的心站了起来
在歌唱

女士们——法国南部的旺斯

下午 4 点,散步开始了
那些与丈夫同行的妻子们
而没有丈夫同行的女人
她们根本就不散步

她们像落满灰尘的鸟儿
聚集在各种各样
旋涡纹波尔卡圆点格子花呢
蓝色格子黄色以及梅红色的
太阳伞下

每天傍晚,当光线暗淡下来
她们就用蹩脚的法语唱起歌

12月24日,巴黎圣母院

塞纳河一路流淌
欢快地流淌
河水,雨水
水水相汇

一把蓝色的伞
渐渐消失于雾中
一个孩子
消失在母亲的怀抱
桥墩跳动,神志不清
风穿过树木的叶脉
雨水汇入河中

明天的这里
他们可能会发现一具尸体
小诗一样,拆散
圣饼一样,融化

说尸体是一个女人
欧菲莉亚发现了她
松开绳结，扭折的身体
无声无息

一年愉快地结束了
新的一年
又愉快地开始了
我又一次走到街上
手腕上满是生机
心，却再一次乞求

法国美男子

今天在咖啡馆里我看到一个
美男子。
非常美。
可是不戴上眼镜,
我看不清晰。

所以我问我旁边的女士。
是的,她说,他很美。
可是我并不相信,
我就去看了,
我亲自去。

她很对。
他很美。

你可说英语?
我问那个美男子。

一点点。

美男子开口言语。

我说,你很美。

这是二话没说的。

谢谢,他优美地说。

用法语。

给蕾丝男人的明信片——昂蒂布的老市场

说实话,
我不记得你的名字了。
是那些卡塔卢尼亚的眼睛,
我还不能放手。

那杯橙水加糖的墨茶的记忆,
和波斯烟卷的黏稠香味,
以及丹吉尔的那些照片。

我忘记告诉你了,
我非常尊重妻子。
尤其是你的。

再见了,我亲爱的朋友,
这就是生活。
毕加索博物馆的那个午后,

有一段美好的回忆，
对于我，已经足够。

给约翰·弗朗哥的信——威尼斯

你充满了故事。
你的那件红夹克,
真的曾经是鲍勃·马利的吗?
和你住在一起的那个男人,
真的是你的哥哥吗?
那三个来自瓦伦西亚的女人,
都是你的情人吗?

无所谓了。
威尼斯是一次很好的探险。
跳着舞穿过水道,
凌晨4点,
在欢笑的月光底下,
从飞速行驶的摩托艇上,
一低头躲过桥梁。

所以我让你失望了。

我没有放弃，没有跌倒，
没有跌倒在街头
一个善意的威尼斯画家的魔咒之下。
画架上琳琅满目，
一个现代的卡萨诺瓦——哇哦！

我记得你在火车站
给我的最后一次可怜的告别——
你说你感觉好像
好像你买了一个冰激凌蛋筒
却掉在了地上，
而你还没有来得及品尝。

你买过了。
总有这样那样的比喻。
我是什么，除了一个非卖品。
好吧。毕竟，
男人投入了他的时间，
甚至金钱，
虽然这是对半的，
我什么也不欠。

请告诉我,
一个艺术家对另一个艺术家,
女人欠男人什么?
自由不是你所信仰的吗?
甚至是说不的自由?
至少,至少
在我们向缪斯和我们共同的神碰杯的前一天晚上,
你做到了。

我不知道。
尽管说了那么多解脱的话,
但当我和你跳舞,
我仍能感受到那一丝愤怒,
有时根本是在不和你一起的时候。

如果我没有独自回家呢?
比如说,我的眼睛和别人的眼睛纠缠在一起了。
或者可能是你的。
也许已经那样发生了。
你却并不知道。

但是说实话,
我认为真正的本性
是在身体舞蹈的时候升起的。
也许这就是为什么
我从来没有一个舞伴,
却更喜欢独自起舞。

不,我不会
和你一起去撒丁岛,
甚至西班牙。
事实是,第二天早上
我们彼此都不自在,
我们无话可说。
在到达车站之前,
几乎没说一句话。

一个冰激凌蛋筒。

万一你改变主意了,你说,
我知道你不会改变主意,

但是万一你变了,
我会在威尼斯等你七天。

有一件事你对了——
我再也没有回来。

再见，致切萨雷

切萨雷，
有了美第奇家族的眼睛，
你可以走得很远。
我说。

但除了参加一个表亲在米兰的婚礼，
你从来没有
离开过托斯卡纳。

我说跟我去西班牙吧。

西班牙呀，你边说边笑了。
太远了——
就连罗马也太贵了。

你在邮局等着那份工作，
等你舅舅的一封信，

那可能会帮你一把。

也许有一天,
我会在美国见到你,我说。

也许吧。
你说,
然后又笑了。

屁股

给大卫

我的米开朗琪罗!
贝尔尼尼有什么能与你相比的呢?
博尔盖塞庄园又怎么能与你抗衡呢?
美第奇家族那有名的唯美主义者,
能生产出如这著名的臀部一般
优质而甜美的酒吗?

我说的是臀部吗?
说臀部太优雅了。
说屁蛋太猥亵。
说屁股蛋蛋又娇小得过于孩子气。
说小圆面包,放肆又搞笑。
说尾部吧就用巴掌打得啪啪响。

啊,用词不当的美。
长期受苦的笑柄,

嘲弄的对象。
石榴和苹果
也没有这样诱人的魅力，
不如你催眠般的人体。

那我可真是你咒语的受害者了。
我被你捕获住了。
自从我的眼睛
第一次
发现那对称的天堂。

就像被钉住的卖花女，
真诚地相信
欲望
能摧毁洁白无瑕的贞操，
为那些残忍的小屁股——
那坚实的成对的魔力而悲伤，
它们包裹着
如此巨大的幸福。

的里雅斯特[①]——再见意大利

给纳塔莱·曼卡里

也许我们应该已经坠入爱河。

或者假装如此。

除了几个小时的睡眠,

还有什么可失去的呢。

你需要我。

但这理由还不够充分。

爱不是慈善,

亦非锡杯和黄铅笔。

我们期待什么呢?

的里雅斯特充满了失望——

一个幸运且拥有大海的小镇。

[①] 的里雅斯特(Triste)是意大利东北部的一个边境港口城市。

我怎样才能用蹩脚的意大利语
向你解释，
我仍然喜欢你。

也许当你的火车到达米兰，
我的火车到达杜布罗夫尼克的时候，
我们会后悔，
后悔那未曾发生的事。
也许。

但任何一个
有着如此悲伤名字的小镇，
什么也不值得留下，
除了这石头覆盖的记忆。

萨拉热窝，锡碗里的六只桃子

如果桃子有胳膊，
它们肯定会在桃梦里
互相拥抱。

如果桃子有脚，
它们肯定会用柔软的桃脚
轻柔触摸。

如果可以的话，
桃子会把凹陷的头，
靠在对方的头上睡觉。

你靠着我，我靠着你
就像你和我，
睡啊睡啊睡。

海德拉之夜——房子着火了

这里的房子着火了,
你只是看着。

讽刺的是,
这里什么也没有,
只有大海。

苍蝇一样狂野的灰烬。
鸡叫了,天还早着。
夜晚照亮了,
天空没有月亮。

我和其他人一起
把家具拖到户外——
书,桌子,灯具
能救出什么就是什么。

水从细细的软管里,
毛毛雨一般洒下来。
水桶从一只手
传到另一个。

有人用希腊语咒骂。
邻居问我冷不冷,
将她的毛衣给了我。

先是葡萄架倒了,
然后是窗户开口说话。
我们看着,
直到屋顶叹息了两声,
轰隆塌下来。
然后一个接一个回家,
梦见了火。

海德拉在雨中降临

我不确定
但我想像
连山都溶化了。

海德拉
他们在雨中
降临

降临在
鹅卵石的台阶上
进入到你的靴子里
除非你的靴子
是橡胶红色

柠檬树的血
粉刷过的墙
木制百叶窗

砾石
九重葛
黏土瓦屋顶
石榴
铜沟
滑溜溜的石板
新鲜的驴屎
还有茉莉花

向下,向下
直到山与港相接
倾倒入海。

月下捕到枪乌贼

给斯塔夫鲁

孩提的时候看斗牛,
我总是为公牛加油,
它是弱者中的弱者,
注定要输。
我告诉你,安多尼,
这样你就会明白。

虽然我家离斗牛场很远。
希腊的月亮
是个小可爱,
就在我们船的上方。
今晚我们是国际船员,
希腊海号,非洲女王号,
你和我。

然而我满是悲伤。

我可能是唯一愚蠢的渔夫,
哭泣的渔夫,
因为我们捕到了一只枪乌贼。
你没有告诉我
它的皮肤怎样变黑,
就像悲伤一样。
它如何在死亡中吮吸着空气,
一声可怕的叫声
像锡一样戚惨。

你要在油里把它做熟。
你要把它切成片片,
作为我们明天的午餐。
好吧。

但我今晚的心
留给幸存者,
留给那些逃出来的人,
留给所有的失败者,
喝彩呀,安多尼,
好哇,好哇。

海德拉的月亮

女人们逃离。
厌倦了
她们曾不得不生活于其中的
虚构故事。
不再等待忒修斯
来拯救她们,
然后再将她们抛弃。

相反的是,
她们搭上第一艘航船
驶向雅典。
独自生活。
海德拉的女人们,
不再被石头绑缚。

烟
自雅典海岸升起,

有人说，
那是汽车摩托车的尾气，
工厂的污染。
但我认为，
这是一种古老的愤怒。
岁月的重压之下，
那些疲惫不堪的女人，
不再让步，不可折断
也不会弯曲。

给理查德的最后一首诗

12 月 24 日,我们又分手了。
我知道这次是真的。
因为我没有把你赶出去,
不管怎样,我们是挥手分离。

没有扔鞋子。
没有摔生气的门。
我们叠好衣服,
各奔东西。

你留下了那件法兰绒衬衫,
我喜欢的那件,
却记得带走了你的牙刷。
今晚你在哪儿呢?

理查德,又是平安夜了,
旧时的幽灵又回家了。

我坐在圣诞树旁,
想着我们到底哪里出了问题。

好吧,我们没有工作,
说实话,所有的回忆都不好。
但有时也会有美好的时光。
爱情是美好的。
我爱你在我身边歪歪扭扭地睡,
做梦从不害怕。

像我们这样伟大的战争,
应该有星星,
应该为幸存者颁发奖章,
并提供充足的香槟。
毕竟,多年的落魄,
几个失败的假日,
应该有些什么,
来纪念痛苦。

总有一天,
我们会忘记巴西那场大灾难。

到那时,理查德,
我祝你一切顺遂,
我祝你有爱情发生,
祝你有充足的热水,
还有待你比我更温和的女人。
我忘了原因,但我曾经爱过你,
还记得吗你?

也许在这样一个季节,
醉醺醺的,感伤的,才是。
我愿意承认一部分的我,
疯狂的敢死队一般,
成熟且混乱,
却爱着爱着,依然。

给一个南方男人

比尔,我不洗衣服,
也不相信爱情。
我相信砖头。
相信破碎的挡风玻璃。
也许还有我的拳头。
但这次你可以安全上路了,伙计。
我老了。

我学到了两件事。
一是像松开风筝线一样
学会放手,
二是永远不要洗男人的衣服。
这是我的规矩。

我想学会说下周二见。
然后开车离开。
挡风玻璃完好。

后视镜里空无遗憾。
虽然偶尔
也有例外。

我记得一个房间的黄昏,
手指,关节,脊柱
你的骨头
如何沿一条细线延伸而来。

爱得太深,以至于
不能在佐治亚州北部
将一块霓虹灯招牌留在身后,
上面闪烁着
粉红色的松树。

兰迪斯的那家自助洗衣店,
以让你感到悲伤的方式而闻名。
杰餐厅的金发女招待,
数着过路的车辆,
梦想着
那个溜走的人。

罗德里戈诗篇

这是沉重的时刻——
倘若生还,而且记得
就像冻僵的人对雪的回忆——
先是寒冷——然后是恍惚——再然后就随它去吧——

——艾米莉·狄金森

切芹菜的女人

这是野蛮的。
因为车门砰的一声,
他却没有回家。

几英里后,
思绪从担忧变成了愤怒,
一扇车门,
砰地关上了。

而她正在切芹菜,
切更多的芹菜,
却没有熟悉的跌跌撞撞。

关键是
没有歪歪扭扭的拉扯,
和忸怩作态的道歉。
没有模棱两可的吻,

来安慰这残忍时刻。

除掉那些
某些时候的害怕睡觉,
爱情以前肯定也迷失过。

爱来过,爱走了。
爱以前离开了,
但最终留下了。

它一定是
姑娘的迷途情人,
在马路对面,
在如此独立的时间到来。

是谁粗鲁的脚,
惊动了
国界边缘的砂砾,
后门廊灯光下熟睡的秋海棠,
并不在这儿。

一根细细的金色静脉,
从她的下巴一角升起,
就像瓷盘上裂开的缝隙。

车门砰的一声关上了,
他却没有回家。
故事就是这样开始了。

赤足跌进性感的荆棘

你生病了。
所以我把我的电视机搬来了——
(我几乎不看电视,不过也没关系)
——汤水和纸牌,
还有几本书。

你穿着睡衣来开门,
毛茸茸的拖鞋,
大了两个码的睡衣,
(是你上一任妻子送的礼物)
可笑至极。

我没脱外套。
我是想把东西扔下就走。
但就在我拽门的时候,
你打了个喷嚏。

然后像魔术师一样,
从袖子里
你拽出一块手帕。
红色的。
非同凡响。
你的喷嚏,
大声得好像天巴鼓一样。

已经开始了,
回家的路上,
没有任何征兆,
缓缓地吸着烟。

几周之后,
你所要做的就是
打个电话。

到那时,
那块手帕
将已造成伤害。

瓦尔帕莱索

你说
昨天晚上
我们是一座动物园

你
是对的
我们是蓝色的

柔软的毛发
打开的夜

一场动物之舞
恰到好处
继续抽你的香烟

你在想些什么?

这里的舞台布景
一个男人
一个女人
和一支香烟

轮廓是
被单和枕头的
风景
一个漂亮的
设定
一个人可能会想
为什么
一个人应该知道得更多?

更正一下
这是一种相互的饥饿
礼貌的请求
和谦恭的取拿

爱
这野蛮的宗教

既不是
谨慎的正确
也不安全

我们的爱
是一种
自恋的向往
你的
是一座城市
我的
是必要的名声
不

不要
不要将这个虚构
误认为
是爱情

那
是另一种形式的
燃烧

我把它理解成一个吻

却并非一个吻。
这个姿势,这种燃烧。
却是来自心灵最深处的
一个原点。

我认出
这是给我的,
但我觉得我
无关紧要。
我知道

如果我们说爱,
我们是说起许多事情。
你是指布宜诺斯艾利斯的月亮,
金色的街灯,
你跳过的舞。

但我认识它

是手腕,是鞋子,是瘀青,

是骨头,和棍子。

给所有周二的过客

我是一周中间的妻子,
偷偷从后门溜进去。
吵醒了隔壁的邻居,
他们都一脸的好奇——
回来这么晚,是谁?
走得这么早,是谁?

他们渴望知道,
已经到货的爱有多么奢侈。
爱,来了又走,
没有疼痛,没有劳苦。

这才是美好的生活。
我不会用它
去换另外一个妻子的。

我是每周三早上闲谈的话题。

在孤独的社交中,
将提供给她的早餐,
礼貌地小口啜饮。

得体地旅行,
一把牙刷,和自己的梳子。
说谢谢,说你请,说再见,
然后离去。

不要怜悯

你的妻子们
离开得了无痕迹
两个都是

她们从厨房的水槽里
捡走自己的长头发
没有忘记戒指和家用梳子
也没有留下一只袜子

甚至没有留下指纹
和一本杂志的订阅费

她们就逃走了

收拾起她们的羽毛、胸针和细软,
什么也没有留下

拿走了她们的毛巾
和她们名字的首字母
以及一双昂贵的童鞋
匆匆跑掉
毫无线索

你一定说了什么残忍的话
你一定做了什么卑鄙的事
让你的女人们
收拾起她们所有的东西
跑了

没有罗德里戈的世界

移动

细小的步子

犹豫一小会儿

也并不介意

解开一只扣子

缓缓呼气

优雅地走

不要跑

哼着曲子

利嫩庆祝罗德里戈回到土地

鼓满空气的

平纹细布和缎子

合身的,平整的

令人头晕目眩的

细布和棉纱

到处翻滚着,拍打着

阳光饱满,突然崩裂

到处都是,到处都是

比阿特丽斯

毫无疑问
你还在无休止地等待
等待着你的比阿特丽斯
突然地
在一座桥的台阶上
你是作为一个男孩
在等待
即便那时
你也是无望的

吻我
我是一个由肘部和皮肤组成的
奇怪几何体
罪恶与美德
我的对称,向一方倾斜

而你

我能感觉到你的眼睛在燃烧

越过我肩膀的地平线

在燃烧,你的眼睛

罗德里戈·德·巴罗

你是红色的陶土,
你是河里的流水。
罗德里戈,
你简单至极。

这是你的皮肤。
我的手指和嘴唇,
都记住了它们。

我可以将骨头的神话,
塑造成衣领的颤动,
化作梯子螺旋上升的咏叹调。

收集必需的蜗牛壳和黄石碎片,
在我的掌心碾碎。
这里是你的眼睛。

盐和烟,我都熟记于心。
你脖子和手指的灵丹妙药,
是我的新型陶醉剂,
也是我的苦酒。

我能把一千只蜜蜂拴在一起,
我将创造出
你每晚所做之梦的动物园。

但哪里能找到足够多的
燃烧的亚历山大,
以及爆炸的向日葵和玫瑰。

所有的叛乱和革命。
所有的汉尼拔和尼布甲尼撒。
一支俄罗斯熊的军队。
25 只跳舞的利比扎马。
还有一头稀有的白色孟加拉。
在血管里燃烧,
无休止地行进。
一把匕首。

一颗丝绸的心脏。
哦,我残忍的波拿巴,
我最最可爱的恺撒。

黑暗中的罗德里戈

罗德里戈
你的红色领带
从脖子上滑落
沉沉地叹了口气

多纽扣的衬衫
毛呢长裤
和那双漂亮的鞋子
都忘了它们拘谨的理由
急切地,向着自由
没有了你
它们显得过失而可爱

我喜欢月亮的无礼
它让我不经允许就望着你
细长的骨头
郁金香茎一般摇摆

肩膀的花束
体肤倾斜，低洼凹陷

没有那一身胡乱的制服
你不过是一个男人
与他人并无二致
就不再是白虎
不再是我的对手和守护神

晚安，我的孟加拉人
这是我的海盗时间
一，二，三
罗德里戈就在我的身边
早已经打起了呼噜

然后我就能重新开始
毫无歉意地说起爱情
只有黑色的髭须在听
络腮胡子
愤世嫉俗，且生硬

某某人的

你的其他女人都很彬彬有礼
你的木兰和西蒙尼
那些有着月亮般美丽又勇敢的皮肤
小提琴般的四肢
和玫瑰般骨骼的人
它们在夜间开花
身后不留下一丝线索
一点线索都没有
哪怕是一个两个

这里有她们留下的证据
偶尔有瓷器上的梅花唇印
还有这儿
在浴缸的岸边
<u>丝丝缕缕</u>,发现的美人鱼
不时地,缠结在亚麻布上的
爱的气味——

麝香的,绝不会错
锡一样可恶

但爱情总是新酒
爱作为将军
是自由的,应许的
爱情在这些事情上没有发言权
没有 X,没有要求,没有头衔
它闭上一只邪恶的眼睛
恭恭敬敬,始终不渝

我不能这么仪表堂堂地揭穿什么
我不知道该怎么走——
不像雪那样无声无息
不带一丝嘈杂和灰尘
我不是某某人

我是星期二小心翼翼来到的
没戴帽子,没穿鞋子
我身上有一处粗犷的黑色纹身
目的像南瓜一样厚实

总有一天

我要把自己悬在你的脖子上

荡来荡去,正大光明如宝石

总有一天

我会把我的名字刻在所有的东西上

如一条面包,确定无疑

我会留下我的烟味

我会在手腕涂上颜料

你会看到的,你会看到的

我不会这么轻易就退出去

我在这里

喇叭一样响亮

鞋子里的石子一般真实

像老虎嘴里的牙齿

确凿是一个巫毒教徒

让我遗赠下一颗石榴籽吧

一条泄密的线索

我要像你一样

做一个谁谁谁

并让他们血流不止

先生,我的朋友

而现在,我可爱的宝贝,
你草率又迅速地宣布,
说你明天一早就离开。

你说出声音了。
你说得很平静,
以免吓着了我。
我明白你说的话,
但又很难理解。

你去哪儿?什么时候?
怎么一点儿征兆也没有?
去巴黎吗?
还是马拉喀什,或者圣保罗?
是去哪里?爱,没有我又如何?

你收拾好可爱的衣物。

让那双漂亮的鞋子,
在木地板上来回地走。
来来回回,
忽略了我的存在。

我在桌子上的浮灰里,
发现了蔓藤花纹,
什么也没说。
实际上,没一点声音。
是个好哥们儿。

一路顺风,我说。
然后亲吻每一个脸颊,
就算是再见了。

虽然是开车回家,
心却在流血。
溃疡。
牙痛。
李子一颗。

有东西开始发出缓慢的嘶嘶声。

歇斯底里的。

尖声的。

脑袋里枪声一般,

咔嗒咔嗒。

旱灾

因为骄傲,
我不打电话。
那不是我。

相反的是,
我把电话放在那边,
靠着墙,
在房间远远的另一头。
香烟一样
盯着它,
好几天看着。

哦,我贪婪得像个溺水的女人。
我想要,想要我的悲伤。
每一个细胞,
都必须得到满足,
而且我还想要更多。

晚上更糟糕。
天空倾斜。
所有的黑暗，
沙子一样倾倒——
一把枪对准了脑袋。
唯有绝望。

我拨了号码。
响了一下…
响了两下…
终于——
你在。

虽然声音很小——
像一只
铃铛里的蜜蜂。

你好；是我。
然后是沉默
如矿层。

你好吗?
再一次,沉默。

好,好,我咕哝着好。
像一根绳子
松开。

然后我再也听不到自己的声音,
脑袋里
一片喧闹。

以解释的方式

我猜想
我身上是有那么一点
马达加斯加的影子
这一点
我从来没有提起过

不知为何
亚马孙人
逃过了
你全神贯注的目光

鼻子
是严格意义上的
埃及范儿
也只是
供你参考

心呀

一个残忍的

白色圆圈——

纯粹的

孟加拉人

而虔诚的

摩洛哥人

这就是你所声称的

属于你的膝盖

高更的

帕皮提

使你惊讶的

好一对乳房

安达卢西亚——

从腹部升起

升起的苍白月亮

一双手——

《帕果帕果》的姊妹喜剧

两只眼——
沥青的火地岛

奇怪的子宫
那铭记于心的
金塔纳罗奥

热爱

I

你说的是
我,不爱你。
简单。明了。

过去不。
现在不。
从来不。
一次也不。

然后你把我带回家。
因为是时候
把我脱光衣服了。

有一轮明月。
所有的呆滞都飘浮在那儿。

它跟着我,
然后咧嘴笑起来。

房子就在那儿,
和以前一样。
同样的敲门声,
同样的酒红色叹息。

你收留了我。
就像前几个晚上一样。
同样的拉拽。
同样的急切。

情人一样,
我们做了爱。
你吻了我。

Ⅱ

我不记得那天晚上了。
也就是说,

我不记得你具体说了什么。

我不确定
是谁来问,谁来答。
我是否闭上眼睛,
或者像玫瑰花一样,
紧紧地蜷缩着自己。
我不知道了。

只有提到过的月亮,
说三道四。
又是俏皮话,
又是私语窃窃。

这是存放在脑子里的新闻报头。
真相,最终是如何降临的。

是不是很有趣?
当你把我拉到你的身边,
我就像一条雪带一样融化了。

你告诉我。
你的话比以太更清晰,
比诗更纯净。
妻子,妻子,妻子。
你爱的女人和爱你的女人,
一生一世。

Ⅲ

基督!
别装得好像你不知道似的——
嘀嘀咕咕。

多年之后,
某一天的咖啡时间,
你将会坦白——
那天晚上,
你脑子里到底在想些什么,
让你变得,如此陌生。

因为我把自己蜷缩成一只鸟。

一只翅膀叠在胸前,
另一只,叠在心上。
坚硬好像黄麻。
缄默如埃及人。

瞧瞧吧,
我毁了那个夜晚。
我毁了一切。

我穿上丝袜。
穿上我的绿裙子。
(有趣的是
我还记得那个细节——
绿绿的裙子。)

更糟的是,
你还得送我回家。
漫长又寒冷的车程。
黑色的大轿车。
宽大的前排座椅。

你远远地坐在另一边,
仿佛一个人
坐在望远镜颠倒的一端。

月亮眨着眼睛。
我想我是个傻瓜。
但我错了。
我知道我是什么。

男人们睡着了

我认识这样一些人
他们在 20 年的厌倦里
漂亮而迷人
熟睡得像是尤利西斯

他们每晚都想溺死自己
好像是迷路的孩子

他们无法摆脱爱的环绕
他们的工作从未完成

从一个房间到一个房间
又到另一个房间
他们将自己门一样关死
不让我进去

除夕夜

今晚我看到你妻子了。

不是雅典娜。
不是美狄亚。
不是阿德利塔。
也不是马林切。

从我所能观察的来说,
她也是从肋骨出来的女人,
就像任何别的女人一样,
两只眼睛,一个子宫,一对乳房。

她没有穿着金灿灿的服饰,
她不是从努比亚尼罗河坐游艇而来。

也不是波提切利的珍珠,
骑在美丽的半只贝壳的浪尖之上。

她没有像女祭司一样,
从每一只高举的巨大拳头里
捧出一条大蛇来。

她走路也不穿花裙,
也不挎保持平衡的篮子。

她没有卡门式的站姿,
双手叉腰,
发出傲慢的笑声。

她没有把步枪背在背上,
也没有把孩子抱在胸前。

她的凝视中没有火焰,
嘴唇里没有音乐。
她双手干净。
她额头端庄又安详。

我怎么会不明白呢?

对一个普通的男人来说,
每一个女人,
都和普通的女人一个样。

胡里奥大街

今天,在卡托尔塞·德·胡里奥
在雨中,
一个男人亲吻了一个女人。
在双五节的独立天使像的拐角,
一个男人亲吻了一个女人。

因为是星期五。
因为明天没人去上班。
因为在国家与教堂对立的一面,
一个男人亲吻了一个女人,
不计悲伤,不计后果。

我敢肯定,
在两个人的宇宙之内,
一个男人
会毫不羞愧地亲吻一个女人。
在双五节海水般的出租车旁边,

在露天的雕像前面,
在一个挤满游客和孩子的十字路口,
每天都有这样的小奇迹发生。

一个男人,在雨中
亲吻了一个女人,
我羡慕这简单的确定。
我怯怯地拿取,也怯怯地给予
你从未应允过的公开的恩典。
我们这隐身于一半黑暗的人,
并不勇敢。

那么多事物令人害怕,那么多

那么多事物令人害怕。那么多。
死者和活着的人。

黑暗中我们看不见的东西
以及那使我们看见的。

庭院里的脚步声
和沉默一样。

还有简单的事情。
算术。房租。

无限也令人害怕。
数字。天空。
一直存在且永远存在的神。
还有永恒。

哪个更糟?
永远孤独,
还是永远与某人在一起。

有限也让人害怕。
比如我们的生活。

爱也是令人害怕的。
月亮和将军一样。
它们都很沉重。

不是一个一个来。

而是一起。
像一罐弹珠。

相反,幸福
是另外一回事。
与风筝有关。

图书在版编目(CIP)数据

世界上最乖巧的我 /(美)桑德拉·希斯内罗丝著;海桑译. — 北京:北京联合出版公司,2024.7
ISBN 978-7-5596-7629-0

Ⅰ.①世… Ⅱ.①桑… ②海… Ⅲ.①诗集－美国－现代 Ⅳ.①I712.25

中国国家版本馆 CIP 数据核字(2024)第 096981 号

MY WICKED WICKED WAYS by SANDRA CISNEROS
Copyright © 1987 by SANDRA CISNEROS
This editon arranged with SUSAN BERGHOLZ LITERARY SERVICES
through BIG APPLE AGENCY, LABUNA, MALAYSIA.
Simplified Chinese edition copyright:
2024 Neo-Cogito Culture Exchange Beijing Ltd
All rights reserved.

北京市版权局著作权合同登记　图字:01-2023-5893

世界上最乖巧的我

作　　者:[美]桑德拉·希斯内罗丝
译　　者:海　桑
出 品 人:赵红仕
出版统筹:杨全强　杨芳州
责任编辑:龚　将
特约编辑:廖　雪
封面设计:汐　和

北京联合出版公司出版
(北京市西城区德外大街83号楼9层　100088)
北京联合天畅文化传播公司发行
北京启航东方印刷有限公司印刷　新华书店经销
字数 84 千字　889 毫米×1194 毫米　1/32　5.25 印张
2024 年 7 月第 1 版　2024 年 7 月第 1 次印刷
ISBN 978-7-5596-7629-0
定价:48.00 元

版权所有,侵权必究
未经书面许可,不得以任何方式转载、复制、翻印本书部分或全部内容。
本书若有质量问题,请与本公司图书销售中心联系调换。电话:010-64258472-800